FUSSBALL HAIE

Spieler gesucht!

GESCHRIEBEN VON
ANDREAS SCHLÜTER
UND IRENE MARGIL

MIT BILDERN
VON
MICHAEL VOGT

FISCHER Taschenbuch

Liebe Leser, liebe Leserinnen,
diese Geschichte ist frei erfunden.
Nichts davon ist wirklich passiert.

Wir danken Zeljko Ristic, ehemaliger Jugendtrainer bei Hertha BSC und heute Streetworker, für seine fachliche Beratung. Er gehört in Berlin zu einem Organisations-Team, das regelmäßig Straßenfußball-Touren veranstaltet.

Dieser Titel ist auch als Hörbuch im Handel erhältlich.
Die Serie ist bei Antolin gelistet.

MIX
Papier aus verantwortungsvollen Quellen
FSC® C014496

Erschienen bei FISCHER Kinder- und Jugendtaschenbuch
Frankfurt am Main, September 2022

Satz: pagina GmbH, Tübingen
Druck und Bindung: GGP Media GmbH, Pößneck
Printed in Germany
ISBN 978-3-596-81300-1

Bevor *Andreas Schlüter* mit dem Schreiben von Kinder- und Jugendbüchern begann, leitete er Kinder- und Jugendgruppen und arbeitete als Journalist und Redakteur.

Irene Margil ist gelernte Fotografin, arbeitete mehrere Jahre in der Sat1-Fußballredaktion ›ran‹ und ist ausgebildete Lauftherapeutin.

Gemeinsam sind sie seit vielen Jahren ein eingespieltes Team und haben bereits viele sehr erfolgreiche Fußballbücher für Kinder geschrieben.

Weitere Informationen zum Kinder- und Jugendbuchprogramm der S. Fischer Verlage finden Sie unter *www.fischerverlage.de*

INHALT

TOR
W

GO!
HAIE SIND

Kapitel 1

IMMER BLOSS ERSATZSPIELER!

Wütend feuerte Pedro sein Trikot in die Sporttasche. Es war noch blitzsauber. Denn er hatte wieder nicht gespielt. Vor zwei Monaten war er in den Fußballverein FC Grau-Weiß in Berlin-Wedding eingetreten. Aber noch nicht ein einziges Mal war er eingewechselt worden.

Die anderen hüpften gerade laut grölend durch die Umkleidekabine, angeführt von Ulf, dem Mannschaftskapitän. „Oléee, olée, olée oléeee!“

Selbst die anderen Ersatzspieler machten mit. Aber die anderen waren auch alle irgendwann schon mal zum Einsatz gekommen. Bloß Pedro nicht. Und das nur, weil er jünger war als alle anderen. Das lag an seinem blöden

Geburtsdatum: Am 30. Dezember würde er elf Jahre alt werden, also noch in diesem Jahr! Nur zwei Tage später, und er wäre erst im neuen Jahr elf geworden und damit noch in die E-Jugend gekommen. So aber stand er als absolut Jüngster in der D-Jugend zwischen lauter Elf- und Zwölfjährigen. Das genügte Mannschaftskapitän Ulf und seinem Gefolge, um Pedro nicht ernst zu nehmen.

„Ey! Nimm deine Tasche da weg. Das ist mein Platz!", pflaumte Ulf ihn an. Er nahm Pedros Sporttasche von der Bank und warf sie ihm vor die Füße. Das saubere Trikot und sein Handtuch fielen dabei auf den schmutzigen Boden.

Blödmann!, dachte Pedro. So gern würde er mal in einem Spiel beweisen, was er draufhatte.

„Drei zu null gewonnen und Turniersieger!", brüllte Ulf und klatschte mit allen ab. Nur mit Pedro nicht. „Sag ich doch, Jungs. In dieser Stammformation sind wir unschlagbar!"

Die anderen klatschten Beifall. Und auch der Trainer nickte zustimmend.

„Großartig gespielt!“, lobte er.

Na toll!, dachte Pedro. Das hieß, dass er auch künftig keine Chance bekommen würde. Denn niemand wechselte ein erfolgreiches Team.

Während die anderen weiterfeierten und hintereinander aufgereiht zu den Duschen gingen, blieb Pedro auf der Bank sitzen, legte seine Sachen zurück in die Sporttasche und überlegte, ob er nicht wieder aus dem Verein austreten sollte. Wenn er sowieso nie mitspielen durfte … Nicht mal heute hatte der Trainer ihn eingewechselt, bei dem großen Freundschaftsspiel-Turnier zu Ehren des 60. Geburtstages ihres Vereinspräsidenten Herrn Lummer. 150 Zuschauer waren da gewesen, so viel wie noch nie bei der D-Jugend. Und ein besonderer Ehrengast: Jérôme Boateng, der Champions-League-Gewinner von Bayern

München und Weltmeister. Der hatte tatsächlich zugeschaut, weil er selbst als Kind hier im Stadtteil Wedding auf einem Bolzplatz mit dem Fußballspielen begonnen hatte.

Aber Pedro hatte die ganze Zeit nur auf der Bank gesessen! Jetzt hatte er die Nase gestrichen voll und wäre am liebsten sofort nach Hause gelaufen. Allerdings gab es gleich noch eine Fragerunde mit Boateng – mit anschließender Autogrammstunde. Die wollte Pedro natürlich nicht verpassen. Er wartete nicht auf die anderen, die noch duschten, sondern lief schnell hinüber in den großen Saal des Vereinshauses. Dort ergatterte er den letzten Platz in der zweiten Reihe. Die erste war reserviert für den Vereinsvorstand und die Presse. Der Raum war schon gut gefüllt. Seine Mannschaftskameraden würden höchstens noch in der letzten Reihe sitzen können.

In der vierten Reihe sah Pedro einige aus der

E-Jugend, mit denen er gern zusammengespielt hätte – wenn er bloß zwei Tage später geboren worden wäre! Bei denen wäre er bestimmt Stammspieler. Pedro kannte einige von ihnen, weil sie in seiner Straße wohnten. Manchmal spielten sie auch auf dem Sparrplatz, dem Bolzplatz direkt vor seiner Haustür.

Max zum Beispiel. Der war nur einen Monat jünger als Pedro. Aber er wirkte eher, als wäre er erst acht. Klein und schmächtig. Dafür aber pfeilschnell. Und ein starker Dribbler.

Pedro winkte ihm zu. Max grüßte mit einem Lächeln zurück und tippte seinen Nebenmann an: Zachi. Eigentlich hieß er Zacharias, aber das war ja viel zu lang. Da war ein Spiel schon zu Ende, ehe man überhaupt seinen Namen gerufen hatte. Zachi ging in Pedros Parallelklasse in der Brüder-Grimm-Grundschule. Jetzt stand er sogar auf und wedelte Pedro zur Begrüßung mit seinen Torwarthandschuhen zu.

Pedro freute sich und seufzte. So nett war er in seiner neuen D-Jugend-Mannschaft noch nie von jemandem begrüßt worden.

Und dann ging es auch schon los. Jérôme Boateng betrat den Raum, begleitet von Herrn Lummer und einigen anderen aus dem Vereinsvorstand. Alle standen auf und klatschten begeistert Beifall für den großen Star!

Herr Lummer begrüßte Boateng, überreichte ihm einige Geschenke, und dann übernahm ein Moderator das Wort, der Boateng nun eine Menge Fragen stellte.

Pedro hörte aufmerksam zu. Besonders als Boateng erzählte, wie er sich als Jugendlicher Scheinwerfer von einer benachbarten Baustelle ‚ausgeliehen' hatte, um auf seinem Bolzplatz ‚Flutlicht' zu haben. Pedro musste lachen, genau wie die anderen Jungs im Saal. Nur die Erwachsenen schauten etwas irritiert.

„Äh", stotterte der Moderator. „Na ja, das

haben unsere Jungs heutzutage ja zum Glück nicht mehr nötig!“

Von wegen!, dachte Pedro. Ihr Bolzplatz hatte auch keine Beleuchtung. Ihm fiel ein, dass an dem Baugerüst, das gerade auf ihrem Schulhof stand, ebenfalls solche Scheinwerfer montiert waren. Das wäre etwas!, dachte Pedro schmunzelnd. Wenn sie sich die holen würden! Vielleicht für ein Abendspiel auf dem Sparrplatz. Das wäre toll! Aber leider musste Pedro im Sommer spätestens um halb acht zu Hause sein und um halb neun ins Bett. Und da war es sowieso noch hell.

Plötzlich fragte der Moderator in die Runde: „Hat noch jemand eine Frage?“

Kein Finger rührte sich. Offenbar traute sich niemand. Pedro wusste, dass einige Jungs ganz bestimmt eine Frage hatten. Genauso wie er. Er rang mit sich. Sollte er es wagen? Es waren jetzt bestimmt 200 Leute im Saal, mehr als bei ihrem

Spiel zugeschaut hatten. Pedro dachte nicht länger nach. Er hob einfach seine Hand – und kam tatsächlich sofort dran!

Pedro schluckte und räusperte sich. Dann fragte er: „Waren Sie als Kind auch mal Ersatzspieler und keiner hat sie ernst genommen?"

Gelächter im Raum von den Älteren. Pedro fragte sich, was es da wohl zu lachen gab.

Zum Glück lachte Boateng nicht, sondern antwortete ganz ruhig: „Ich bin in Wilmersdorf aufgewachsen, und der Wedding war für mich erst mal ein kleiner Schock. Ich habe auf dem Platz schnell gemerkt, dass hier andere Regeln gelten. Es ging viel härter zu. Damit kam ich am Anfang nicht so gut klar. Aber die anderen Jungs haben mir schnell beigebracht, wie es hier läuft und dass man nie aufgeben darf. Das hat mir in meiner Karriere später sehr geholfen."

Wieder Beifall für Boateng, und dann trauten

sich auch andere, ihre Fragen zu stellen. Aber Pedro hörte kaum noch hin. Boatengs Worte gingen ihm nicht mehr aus dem Kopf: Die anderen haben mir beigebracht, dass man nie aufgeben darf.

Das war's! Das galt auch für ihn: Niemals aufgeben!

Pedro drehte sich langsam um und schaute nach hinten in die letzte Reihe, zu Ulf und den anderen ‚Großen', die ihm nie eine Chance gaben. Niemals aufgeben!

Er würde es ihnen schon noch zeigen! Und in diesem Augenblick kam ihm eine tolle Idee.

Kapitel 2

DIE IDEE

„Super! Danke, Papa!“ Stolz betrachtete Pedro das Foto von Boateng, das sein Vater ihm gerade am Computer ausgedruckt hatte. Pedro selbst hatte es vorhin während der Fragestunde aufgenommen. Dafür hatte er sich extra Papas kleine Digicam ausgeliehen.

Mit Boatengs Porträt lief Pedro rüber in sein Zimmer und pinnte das Foto in die Galerie seiner Lieblingsspieler: Thomas Müller, Bastian Schweinsteiger, Marco Reus und Mario Götze hingen da bereits. Alles Spieler, die in der vereinseigenen Jugendabteilung entdeckt und zu Nationalspielern geworden waren. Daneben hingen natürlich auch Lionel Messi, Cristiano

Ronaldo und Mesut Özil. Und dazu kam jetzt noch Boateng. Gleich zweimal: einmal Boateng allein und einmal Boateng mit ihm, Pedro, zusammen. Er hatte seine linke Hand auf Pedros Schulter gelegt und streckte den rechten Daumen hoch. Das war der Beweis: Boateng glaubte an ihn! Und ab sofort wollte auch Pedro an sich glauben.

Dazu passte die wahnsinnige Idee, die ihm vorhin im Vereinshaus gekommen war: Alle großen Vereine kauften sich jedes Jahr neue Superstars, um ihre Mannschaft zu verstärken. Solche Super-Fußballer, wie sie an Pedros Wand hingen. Aber all diese Stars waren ja auch mal Kinder gewesen, hatte Pedro überlegt. Genau so wie Boateng: Als der noch klein gewesen war und hier im Wedding auf dem Bolzplatz spielte, war er auch noch kein Superstar. Wie die großen Vereine würde sich auch Pedro die Stars von morgen suchen und mit ihnen eine eigene

Mannschaft gründen. Und zwar genau JETZT. Okay, die großen Vereine suchten ihre Stars natürlich in der ganzen Welt zusammen. Aber Pedro hatte die Welt ja direkt vor der Haustür. In seinem Stadtteil wohnten Kinder aus zwanzig verschiedenen Ländern, hatte seine Lehrerin mal gesagt. Na also, das sollte ja wohl für eine Weltauswahl an zukünftigen Superstars reichen!

Pedros Entschluss stand fest. Er würde eine absolute Traummannschaft zusammenstellen und mit ihr zuerst auf den Bolzplätzen von Berlin die Nummer eins werden. Später konnten sie dann vielleicht eine richtige Vereinsmannschaft bilden. Sie würden immer zusammenbleiben und gemeinsam in die Bundesliga aufsteigen. Und dann wären sie alle Stars und Millionäre. Ein super Plan!

Pedro sah keinen Grund, weshalb der nicht funktionieren sollte.

Nachdem er das Foto von Boateng an die

Wand gepinnt hatte, lief er runter zum Bolzplatz, um sein Vorhaben sofort in die Tat umzusetzen.

Er hatte Glück. Die ‚Großen' waren nicht da. Vermutlich feierten sie im Vereinshaus noch immer ihren Turniersieg. Denn einige von den ‚Großen', die bei Grau-Weiß in der D- oder gar in der B-Jugend spielten, kickten auch hier auf dem Sparrplatz und hatten das absolute Sagen. Keine Chance für die Jüngeren, dann auf den Platz zu kommen.

Jetzt im Moment aber spielten nur Max und Zachi dort. Zachi stand wie immer im Tor, und Max ballerte ihm ein paar Freistöße auf den Kasten.

„Oben rechts!", sagte Max an.

„Rechtsch?", fragte Zachi. „Dasch schaffscht du nich!"

Pedro konnte nur vermuten, was Zachi sagen wollte. Seit er diese Zahnspange tragen musste, verstand ihn kein Mensch mehr.

„Reine Gewöhnungssache", hatte der Zahnarzt Zachi versprochen. „Nach zwei, drei Wochen sprichst du wieder normal!"

Allerdings war dieses Versprechen schon drei Monate alt, und noch immer verstand man Zachi nicht.

Max nahm Anlauf und schoss mit dem linken Außenrist, obwohl er Rechtsfüßer war.

Zachi streckte sich und lenkte den Ball gerade noch so eben mit den Fingerspitzen gegen das rechte Lattenkreuz, von wo er zurückprallte – direkt vor Pedros Füße.

„Schag ich doch!" Zachi ballte die Siegerfaust.

Pedro nahm den Ball im Laufen mit, erhöhte sein Tempo und rannte nun auf Max zu, der sofort begriff und die Rolle des Verteidigers übernahm.

Pedro versuchte, mit einem Übersteiger an ihm vorbeizukommen. Doch Max ließ sich nicht so leicht austricksen. Er konzentrierte sich nur auf den Ball und nicht auf die Bewegung von Pedros Füßen. Doch trotzdem fiel er auf Pedros nächste Finte herein. Als Pedro einen zweiten Übersteiger andeutete, wollte Max dazwischengehen. Ein Fehler, denn darauf hatte Pedro nur gewartet. Er zog den Ball blitzartig mit der rechten Sohle zurück, stoppte ihn, wobei er sich drehte und den Ball nun rückwärts mit dem linken Fuß mitzog. So erwischte er Max auf dem falschen Bein und kam an ihm vorbei.

„Maradona-Kreisel!", sagte Pedro stolz lachend, während er weiterlief und mit einem Flachschuss abzog.

Zachi warf sich in die untere rechte Ecke. Doch kurz vorher sprang der Ball noch einmal auf und hüpfte dann über ihn hinweg ins Tor.

„Scheische!", fluchte Zachi.

Max winkte ab. „Na und? Du spielst ja auch schon in der D-Jugend!"

Pedro verzog die Mundwinkel. Als ob das der

Grund dafür war, dass er Max ausgetrickst hatte! Doch dann besann er sich gleich wieder darauf, weshalb er eigentlich gekommen war. „Hört mal her! Ich hab da eine Idee!"

„Hä?", fragte Max verständnislos, nachdem Pedro ihnen seinen Plan ausführlich erklärt hatte. „Die Nummer eins werden? Hier im Stadtteil? Auf dem Sparri?"

Max drehte sich dabei mit ausgebreiteten Armen um sich selbst, so als ob Pedro diesen Bolzplatz noch nie zuvor gesehen hatte und Max ihm den erst zeigen müsste. „Gegen die Knödel? Bist du irre?"

Bei dem Wort ‚Knödel' musste Zachi wie immer grinsen. Diesen heimlichen Spitznamen hatten sie den Großen verpasst, weil manche von ihnen so muskulöse Beine hatten, als hätte ihnen jemand Semmelknödel in die Waden gestopft. Auch Zachi fand den Plan verrückt, hier auf dem Sparrplatz, dem ‚Sparri', mit einer neuen Mannschaft gegen die Großen antreten zu wollen.

„Die machen unsch tschu Hackfleisch!“, befürchtete er.

„Quatsch!“, widersprach Pedro. „Wir müssen nur die Besten der Besten zusammenbekommen. Und ihr seid die beiden Ersten!“

Max und Zachi starrten Pedro ungläubig an. Sie wussten nicht so recht, ob Pedro das ernst meinte oder ob er jetzt völlig übergeschnappt war. Zachi dachte kurz nach. Er fand ja auch, dass er einer der besten Torhüter hier auf dem Bolzplatz war. Die meisten unterschätzten ihn, weil er etwas dick war. Aber Zachi war einfach gut. Richtig gut. Und er hatte schon viele sogenannte ‚Unhaltbare‘ gehalten.

Deswegen hatte Pedro schon irgendwie recht. Das Gleiche traf auf Max zu, der von vielen Jungs hier wegen seiner wahnsinnigen Schnelligkeit nur ‚Turbo‘ genannt wurde.

Allerdings galt das alles nur für Jungs in ihrem Alter. Mit den Älteren hatten sie es bislang nicht aufnehmen können. Immer, wenn die Großen auf dem Bolzplatz spielen wollten, waren sie zum Zuschauen verdonnert und durften bestenfalls mal den Ball holen, wenn er über den Zaun geflogen war.

„Und du, Max!“, machte Pedro weiter. „Du hast doch schon drei Mal bei den Knödeln mitgespielt.“

Das stimmte, musste Max zugeben. Aber es waren nur Kurzeinsätze gewesen, wenn die Knödel mal zu wenige waren. Außerdem hatte Max während der gesamten drei Spiele nur zwei Ballkontakte gehabt, weil er nie angespielt worden war.

„Eben!“, bestätigte Pedro. „Genau darum geht es doch. Die Großen nehmen uns nicht ernst, spielen uns nicht an und geben uns nie eine Chance. Deshalb machen wir es jetzt selbst und zeigen denen endlich mal, was Sache ist.“

„Ich weisch nich“, zweifelte Zachi. „Wasch meinscht du, Maksch?“

Auch Max war sich nicht sicher, was er von Pedros Plan halten sollte. Pedro hatte zwar schon irgendwie recht: Einige Tricks und Finten beherrschte er wirklich besser als mancher von den Großen. Aber ob das genügte?

Pedro wollte gerade noch etwas sagen. Doch ein schriller Pfiff hinderte ihn daran.

Die drei schauten sich um und sahen, wie zwei von den Großen auf den Platz stampften. Der Erste war Ulf. Ulf vereinte alles, was ein Fußballer brauchte: Kraft, Ausdauer, Technik, Schnelligkeit und Durchsetzungsvermögen. Ein unbesiegbarer Gegner. Und der unumstrittene Herrscher sowohl hier auf dem Bolzplatz als auch im Verein der Grau-Weißen. Genau so schritt er auch über den Platz: wie ein Gladiator, der jeden Gegner in den Erdboden rammte. Seine Wollmütze war, wie immer, tief in die Stirn gezogen.

Hinter ihm wackelte der dicke Porky heran. Doch wie bei Zachi täuschte sein Äußeres. Porky war ein guter Sportler, genauer gesagt: ein hervorragender Rugby-Spieler. Niemand wusste, weshalb Porky leider auch Fußball spielte, und auch noch ausgerechnet hier auf dem Sparrplatz. Denn Porky schien den Unterschied zwischen Rugby und Fußball gar nicht zu kennen. Auch beim Straßenfußball streckte er jeden gnadenlos nieder, der nicht rechtzeitig beiseitesprang.

Ulf sagte nichts. Und das musste er auch nicht. Sein Gesichtsausdruck forderte unmissverständlich: Haut ab, ihr Babys. Jetzt spielen wir hier!

„Scheische!“, fluchte Zachi leise.

„Das war's dann wohl“, stellte Max nüchtern fest.

Doch Pedro zischte ihnen leise zu: „Habt ihr etwa schon vergessen, was Boateng gesagt hat? Niemals aufgeben!“

„Tss!“, machte Max nur.

„Tschsch!“, machte Zachi, und etwas Spucke spritzte dabei aus seinem Mund.

„Was willst du denn gegen die unternehmen?“, fragte Max.

Ulf und Porky hatten die drei nun erreicht und bauten sich breitbeinig vor ihnen auf.

Porky trug einen Ball unter dem Arm.

Zwischen ihnen hindurch konnte Pedro erkennen, wie hinten weitere vier oder fünf ältere Jungs die Treppe zum Platz hinunterstiegen.

Ulf blickte Pedro, Zachi und Max finster an. „Und tschüss, ihr Hühnerfüße!“

„Aber wir waren zuerst hier!“, wagte Pedro zu widersprechen.

Ulf zog eine Augenbraue hoch. „Hä? Hast du was gesagt, du Flohfurz?“

Pedro wusste, dass er sich gerade großen Ärger einhandelte. Mehr noch: Auch seine Chance, jemals in der D-Jugend-Mannschaft eingesetzt zu werden, sank soeben von null auf minus eine Trillion. Trotzdem ballte er die Fäuste und traute sich zu sagen: „Wer besser ist, darf auf den Platz! So lauten doch die Regeln, oder?“

Ulf verzog noch immer keine Miene.

„Und?“, fragte er. „Siehst du hier vielleicht irgendwo Bessere als uns?“

„Sie stehen vor dir!“ Pedro zeigte auf sich, Zachi und Max. Die beiden wichen allerdings seinem Blick aus und schauten betreten zu Boden.

„Wollt ihr etwa gegen uns antreten?“, fragte Porky und kassierte dafür von Ulf einen so kräftigen Tritt in den Hintern, dass ihm der Ball aus der Hand fiel.

„Hast du sie nicht mehr alle?“, fuhr Ulf ihn an. „Meinst du, ich spiel hier gegen den Kindergarten, oder was?“

„In zwei Wochen!“, sagte Pedro und blickte Ulf dabei fest an.

„Hä?“, sagte der nur.

„Wir sind heute zu wenige“, erklärte Pedro und versuchte, so gut es ging, das Zittern in seiner Stimme zu unterdrücken. „Aber in zwei Wochen spielen wir gegen euch. Und der Sieger bestimmt dann über den Platz hier.“

Zachi und Max starrten Pedro an und dachten wohl genau das, was Ulf jetzt fragte: „Bist du vollkommen verblödet, du Zwerg? Wie kommst du darauf, dass wir gegen euch …“

„Angst?“, fragte Pedro.

„Hä?“

„Was gibt's?“, erkundigte sich da nun einer der anderen älteren Jungs, die mittlerweile bei ihnen angekommen waren. Sie bauten sich gleich rund um Pedro, Max und Zachi auf.

„In zwei Wochen spielen wir gegen euch!“, verkündete Pedro. „Es sei denn, ihr kneift. Dann haben wir kampflos 3:0 gewonnen und dürfen hier spielen, wann immer wir wollen!“

„Wieso sollten wir kneifen?“, fragte einer, von dem Pedro glaubte, dass er Björn hieß. Er spielte nicht bei Grau-Weiß, sondern in der D-Jugend von Tennis Borussia Berlin. Also ein echtes Ass!

Die anderen lachten.

„Spielen wir bis zehn Tore, oder soll es länger als drei Minuten dauern?“, fragte ein anderer grinsend, der fast so groß und muskulös war wie Ulf. Pedro kannte nur dessen Spitznamen: Torpedo. Und damit war nicht nur seine Kopfballstärke gemeint, sondern auch seine Art, ohne Rücksicht auf Verluste in den Gegner hineinzuspringen.

Für einen Moment dachte Pedro, dass es vielleicht doch keine so gute Idee gewesen war, die Großen herauszufordern. Aber nun war es zu spät für einen Rückzieher.

„Moment mal!“, wollte Ulf gerade noch einwenden.

Doch Pedro kam ihm schnell zuvor: „Okay!

Übernächsten Sonntag um drei. Sechs gegen sechs. Bis zum zehnten Tor!“

„Und eine Sonderprämie bei einem 10:0!“, schlug Torpedo vor. „Sagen wir, eine Kiste Cola!“

„Abgemacht!“, sagte Pedro. „Bis dann!“

Pedro verließ den Platz und versuchte, dabei möglichst lässig auszusehen. Doch dann bemerkte er, dass Zachi und Max ihm nicht gefolgt waren.

Die beiden standen noch immer regungslos da, als hätte sie jemand eingefroren.

„Was ist?“, raunzte Ulf die beiden an.

Wie aus einer Schockstarre erwacht, kamen die beiden wieder zu sich und rannten zu Pedro.

Als sie bei ihm ankamen, fragte Max: „Sag mal, bist du völlig irre, Mann?“

Kapitel 3

SUPERSTARS GESUCHT!

„Ich lade euch auf eine Limo ein!“, versprach Pedro. Im Geheimen rechnete er schnell aus, ob er dafür überhaupt genug Geld hatte. Wie die großen Vereine, dachte er. Wenn man Erfolg haben wollte, musste man dafür manchmal tief in die Tasche greifen.

Eigentlich hätte er lieber mit den anderen zusammen ein Eis gegessen. Aber das Eiscafé in der Tegeler Straße nützte ihm jetzt nichts. Er wollte aus gutem Grund unbedingt um die Ecke in den ‚Dönerhimmel‘ gehen, eine beliebte Imbissbude.

Zum Glück waren Max und Zachi sofort einverstanden.

Als Pedro als Erster den Imbiss betrat, atmete er innerlich auf. Es war, wie er gehofft hatte. Der, den er suchte, war da.

„Hallo Mehmet!“, begrüßte Pedro den Jungen, der rechts an der Wand saß und gerade in einen Döner biss.

Mehmet hob den Kopf und grüßte mit vollem Mund zurück, wobei ihm ein Stück Fleisch aus dem Mund fiel.

„Ey, Mehmet!“, rief Max ihm zu. „Du sprichst ja schon wie Zachi!“

„Schehr witschich!“, meckerte Zachi.

Die vier kannten sich natürlich vom Sparri, aber auch aus der Grundschule.

Mehmet verzog das Gesicht. Und das sah ziemlich furchteinflößend aus. Denn wie bei Franck Ribéry zog sich eine lange Narbe über seine rechte Wange. Wenn man Mehmet nicht kannte, konnte man richtig Angst vor ihm bekommen. Mehmet gefiel das. Und deshalb

behauptete er auch fest, die Narbe stammte von einem brutalen Zweikampf in einem Pokalspiel. Leider hatte Mehmets größere Schwester Laura irgendwann mal versehentlich ausgeplaudert, dass Mehmet sich die Wunde auf dem Großmarkt zugezogen hatte. Er hatte seinen Vater beim Einkauf begleitet und war gegen den Eisenpfosten eines Gemüsestands gelaufen.

Mehmets großes Vorbild war aber nicht Ribéry, sondern Sami Khedira. Wie der spielte auch Mehmet im Verein auf der Sechser-Position im Mittelfeld. Allerdings nicht bei den Grau-Weißen, sondern in der D-Jugend vom WFC. Mehmet war im Gegensatz zu Pedro nämlich wirklich schon elf.

„Hej. Hvad er nyt?“, fragte Mehmet.

„Wasch?“ Zachi verstand wie die anderen kein Wort.

Mehmet machte sich oft einen Spaß daraus, als Sohn eines türkischen Dönerbuden-Besitzers

dänisch zu sprechen. Seine Mutter kam nämlich aus Dänemark.

„Was gibt's Neues?", fragte Mehmet noch mal auf Deutsch.

Auf Mehmets Frage druckste Pedro etwas herum. Dadurch wurde Max mit einem Mal klar, weshalb Pedro sie hierher zu einer Limo eingeladen hatte. Mehmet sollte ihr vierter Mann werden!

Pedro erklärte Mehmet, worum es ging, und er vermutete, dass Mehmet wie Zachi und Max sehr abweisend und ängstlich reagieren würde.

Doch das Gegenteil war der Fall.

Mehmet grinste erst breit übers ganze Gesicht. Dann schlug er mit der flachen Hand auf den Tisch, stand auf und rief: „Endlich!"

Zachi und Max staunten nur. Und auch Pedro wunderte sich.

„Alter! Erst gestern haben die mich wieder vom Platz geschmissen, als ich gerade mit Tim

gekickt habe!“, schimpfte Mehmet. „Porky hat uns einfach den Ball weggenommen und ihn über den Zaun auf die Straße gedroschen. Fast hätte ein Auto ihn plattgefahren, Mann!“

„Porky?“, fragte Zachi entsetzt.

„Quatsch, den Ball!“, stellte Mehmet klar. „Es wird Zeit, diese Angeber endlich mal vom Platz zu putzen!“

Pedro freute sich über Mehmets Kampfgeist. Zachi und Max sahen sich hingegen eher besorgt an.

„Du weißt aber schon, dass wir hier von den Knödeln sprechen, oder?“, fragte Max vorsichtig nach.

„Klar!“, sagte Mehmet. „Hast du dir die mal genau angeguckt? Die sind doch voll blind, Alter!“

„Blind?“, wiederholte Max ungläubig. „Ulf ist der Beste in der D-Jugend. Und auch auf dem Sparri! Das sagen alle!“

„Pah!" Mehmet winkte ab. „Der macht alles nur durch seine Größe und seine Kraft! Ist aber total unbeweglich, der Klotz!"

Max kräuselte zweifelnd die Stirn. So hatte noch nie jemand über Ulf und die Knödel gesprochen.

„Ich sag euch, die kann man schlagen!" Mehmet war jetzt Feuer und Flamme. Er sprach wie ein Trainer in der Halbzeitpause eines Endspiels. „Schnelles Kurzpass-Spiel. Tiki-Taka. Wie bei Barcelona. Und dann zack-zack-zack." Mehmet wirbelte jetzt mit den Händen herum, um zu zeigen, wie er sich das Kurzpass-Spiel vorstellte. „Da kommen die nicht mehr mit, Alter. Ich schwör's!"

Pedro nickte ihm grinsend zu. So sah er die Sache nämlich auch. Und er freute sich, Mehmet sofort an seiner Seite zu haben.

„Habt ihr Tim schon gefragt?", wollte Mehmet wissen.

Pedro schüttelte den Kopf. Den kannte er gar nicht.

„Tim? Ihr kennt Tim nicht?“ Mehmet konnte es nicht fassen. „Alter! Das ist die absolute Granate!“

„Spielt der nicht in Moabit?“, fragte Pedro nach. Er meinte, dass beim letzten Turnier in der Mannschaft aus Moabit einer mitgespielt hatte, der wahnsinnig gut gewesen war und den sie Tim gerufen hatten. Woher kannte Mehmet den denn? Pedro hatte Tim noch nie auf dem Sparri gesehen.

„Genau der!“, bestätigte Mehmet. „Er isst manchmal hier. Irgendwann haben wir uns mal verabredet. Jetzt treffen wir uns ab und zu. Wenn der mitmacht, das wär der Hammer. Er und sein Bruder!“

„Bruder?“

„Tom!“, antwortete Mehmet. „Ihr werdet schon sehen!“

Mehmet legte seine Serviette auf den leer gegessenen Teller und brachte ihn zurück zum Tresen. „Was ist?“, fragte er danach. „Gehen wir gleich noch kicken?“

„Geht nicht“, sagte Max und zog die Mundwinkel nach unten. „Die Knödel sind auf dem Platz!“

„Auscherdem hatten wir unschere Limo noch nich!“, beschwerte sich Zachi.

„Okay!“ Mehmet wandte sich an seinen Vater, der das ganze Gespräch mit angehört hatte. „Dürfen wir jeder eine?“

„Dieses Zuckerwasser ist nichts für Sportler“, sagte Mehmets Vater lächelnd.

Dann holte er vier Apfelschorlen aus dem Kühlschrank. „Langsam trinken. Ist kalt!“

Mehmet verteilte die Flaschen.

„Geht aufs Haus!“, verkündete Mehmets Vater lachend. „Aber vergesst mich nicht, wenn ihr Millionäre seid!“

So wie Mehmet sich sicher war, eines Tages in einem europäischen Topclub zu spielen, so träumte Pedro von der brasilianischen Nationalmannschaft. Immerhin stammte sein Vater aus Brasilien. Und von seinem Opa erzählte man sich, er hätte mal mit der Fußball-Legende Pelé zusammen trainiert. Niemand wusste, ob das stimmte. Und manche behaupteten, das käme schon rein altersmäßig nicht hin. Aber Pedro glaubte daran. Und auch, dass brasilianisches Fußballblut in seinen Adern floss. Seinen Opa aus Brasilien hatte er aber noch nie gesehen.

Die vier tranken genüsslich ihre Apfelschorle.

Mehmet sagte: „Hört mal zu. Ich rufe jetzt Tim an. Und morgen um zwei treffen wir uns auf dem Sparri. Okay? Dann sind die Knödel noch nicht da!"

Alle schlugen ein.

Pedro war mehr als zufrieden. Innerhalb eines

FALAFEL
IM BROT / SALAT
3,50
DÖNER
HIMMEL

Tages hatte er die ersten Super-Fußballer für seine Mannschaft zusammen. Das hätte er sich nicht träumen lassen.

Jetzt mussten sie nur noch ein wenig gemeinsam trainieren, und dann konnten die Knödel kommen!

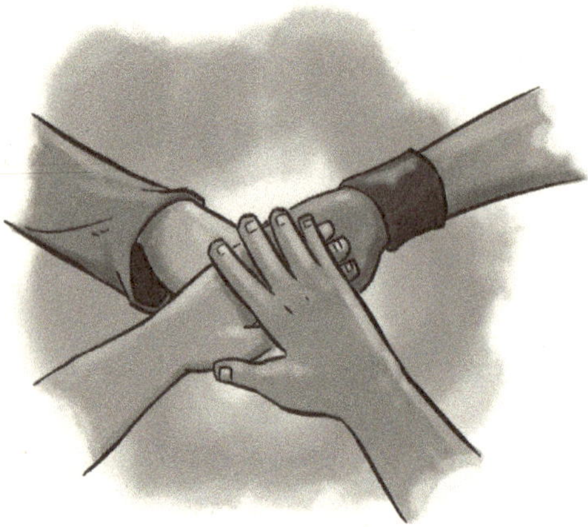

Kapitel 4

DIE SPANNUNG STEIGT

Tim konnte am nächsten Tag leider nicht. Doch zusammen mit Mehmet, Zachi und Max ging Pedro zuversichtlich zum Sparrplatz, um das erste Training zu beginnen.

Aber kaum waren sie über die Straße zum Platz gegangen, traute Pedro seinen Augen nicht. Schon aus der Ferne sah er Porky im rechten Tor liegen. Den Kopf an den Pfosten gelehnt, blätterte er in einer Sportzeitschrift.

„Mist! Was macht der denn hier?“

Mehmet wusste die Antwort: „Der wartet auf uns!“

„Hä?“ Zachi kam nicht ganz mit. „Auf unsch? Wiescho denn auf unsch?“

„Mann, Alter, kannst du deine Zahnspange nicht mal zu Hause lassen? Man versteht dich nie!“

„Geht nich!“, bedauerte Zachi. „Die schitscht fescht!“

Mehmet deutete mit dem Kopf hinüber zum zweiten Tor. Auch dort lag jemand und tippte auf seinem Smartphone herum. Pedro kannte seinen Namen nicht. Aber es war klar, dass auch er zu den Knödeln gehörte.

„Die halten Wache, um uns nicht spielen zu lassen. Jede Wette!“, war Mehmet sich sicher.

Pedro ging voran, die anderen folgten direkt hinter ihm.

Kaum hatten sie einen Fuß auf den Platz gesetzt, erhob sich Porky, stellte sich breitbeinig in die Mitte des Tores und rief ihnen zu: „Der Platz ist besetzt!“

„Von wem?“, fragte Pedro. „Ihr seid doch nur zu zweit!“

„Geht dich nichts an. Besetzt ist besetzt. Also haut ab!“

„Wir denken gar nicht dran. Wir spielen hier jetzt!“, widersprach Pedro.

Doch Porky lachte nur blöd. „Versucht’s doch!“

„Ja, machen wir auch!“, konterte Pedro wütend. Er legte sich seinen Ball zurecht und tippte ihn leicht mit dem Fuß an.

Das genügte. Wie ein wild gewordenes Nashorn raste Porky mit leicht gesenktem Kopf geradewegs auf Pedro los.

„Achtung!“, rief Max.

Denn auch der zweite Knödel war blitzartig aufgestanden und rannte von der anderen Seite auf die Jungs zu.

„Weg hier!“, gab Mehmet das Kommando.

Pedro hob den Ball auf. Und dann rannten die vier – als hätten sie das vorher trainiert – jeder zu einem anderen der vier Ausgänge des umzäunten Platzes.

Porky und sein Komplize trafen sich in der Mitte und blieben zufrieden stehen.

Pedro und seine Freunde standen nun draußen hinterm Zaun und schauten durch die Gitter auf den Platz, auf dem sie so gern gespielt hätten.

„Die wollen bloß verhindern, dass wir hier trainieren!“, ärgerte sich Pedro. „Diese Schisshasen!“

Mehmet grinste. „Das ist doch ein gutes Zeichen!“, behauptete er. „Du hast recht, Pedro. Die Knödel haben Angst. Komm, lass uns endlich trainieren!“

„Hä? Wie dasch denn?“, wunderte sich Zachi. „Der Platsch isch doch …!“

„Nicht auf dem Platz! Sondern hier!“ Mehmet zeigte auf die Fläche im Park, die zwischen dem Bolzplatz und dem Spielplatz lag.

Mehmet zeichnete mit der Schuhspitze ein großes Quadrat in den Sandboden.

„Tiki-Taka!“, erklärte er „Wir üben jetzt das Kurzpass-Spiel auf engstem Raum. Erst drei gegen einen im Wechsel. Dann zwei gegen zwei. Okay?“

„Okay!“ Max schnappte sich den Ball und warf ihn Zachi zu. „Ich fange an gegen euch drei. Wenn ich den Ball erwische, ist Wechsel. Auf los geht's los. Los!“

Und schon sprang er auf den verdutzten Zachi zu und nahm ihm den Ball wieder ab.

„Hab ihn!“, triumphierte Max.

„Ey, Moment mal!“, wehrte Zachi sich. „Ich war noch gar nich scho weit!“

„Genau, und das ist unsere Chance!“, erklärte Mehmet. „Der Überraschungseffekt. Außerdem bist du sowieso Torwart, Zachi. Also los, jetzt versuch, uns den Ball abzunehmen.“

Aber gegen die drei Techniker hatte Zachi keine Chance.

Hacke, Übersteiger, Lupfer, Kreisel – mit

SPORT

einem Trick nach dem anderen spielten sie Zachi immer wieder aus.

„Oh Mann!", stöhnte Zachi nach einigen Minuten. „Keinen Bock mehr. Ich will lieber insch Tor!"

„Ja, geh du lieber mal zurück ins Tor!", sagte eine Stimme hinter ihnen.

Die vier drehten sich um, und sofort erstarrten ihre Gesichter.

Ulf stand plötzlich vor ihnen. „Ach, übrigens: Das Spiel ist morgen!"

„Was? Hä? Moment mal!", stotterte Pedro. „Was soll …?"

„Schnauze!", kommandierte Ulf. „Ich sag das nur ein Mal! Das Spiel ist morgen oder gar nicht. Verstanden? Morgen 18 Uhr hier! Und tschüss!"

Ulf ließ die Jungs einfach stehen und ging ungerührt zum Bolzplatz, um Porky und die anderen zu begrüßen.

„Idiot!", fauchte Max leise.

„Morgen“, wiederholte Max mit ausdruckslosem Gesicht. „Das schaffen wir doch nie!“

Zachi kaute nervös auf seiner Unterlippe.

Und auch Mehmet schaute ratlos.

Nur Pedro schien das alles nicht zu kümmern.

„Können wir morgen überhaupt alle?“, fragte er in die Runde.

„Du willst doch wohl morgen nicht wirklich gegen die antreten?“, fragte Max nach. „Das wird doch oberpeinlich!“

„Und ’ne Kischte Cola müschen wir denen auch noch betschahlen, weil wir bei denen niemalsch einen reinkriegen!“, nuschelte Zachi.

„Könnt ihr nun morgen oder nicht?“, setzte Pedro unbeirrt nach.

Max nickte. Klar, er hatte schon Zeit, aber …

„Und ihr beiden?“

Zachi zuckte mit den Schultern. „Schon … ja.“

Auch Mehmet nickte.

„Was ist mit Tim?“, fragte Pedro.

Mehmet schickte Tim schnell eine SMS und bekam sofort eine Antwort: Tim war dabei.

Wenigstens etwas, dachte Pedro und verkündete: „Kommt mit, Jungs! Ich habe einen Plan!"

Eine halbe Stunde später saßen die vier wieder zusammen im ‚Dönerhimmel'.

Nachdem Mehmets Vater gehört hatte, was passiert war, spendierte er jedem der Jungs ein kleines Eis am Stiel.

Pedro biss genüsslich in sein Vanille-Eis und verkündete: „Das Zauberwort heißt Überraschungseffekt!"

„Hab ich ja gesagt!", sagte Mehmet „Aber so was muss man trainieren!"

Pedro schüttelte den Kopf. „Das meine ich nicht! Hört doch mal zu! Die Knödel glauben, sie haben morgen leichtes Spiel. Sie nehmen uns nicht ernst. Die feiern doch jetzt schon ihren 10:0-Sieg!"

„Das können sie ja auch!“, warf Max niedergeschlagen ein.

„Eben nicht!“ Diesmal war es Pedro, der auf die Tischplatte haute. „Wir werden dafür sorgen, dass ganz viele Zuschauer da sind, die auf unserer Seite stehen. Dann werden die Knödel bestimmt nervös. Sie wollen sich ja nicht blamieren. Und jeder Fehler von ihnen und jede gelungene Aktion von uns wird sie noch nervöser machen!“

Max kräuselte zweifelnd die Stirn.

Mehmet versuchte, sich das Ganze irgendwie vorzustellen.

Und Zachi fragte unsicher: „Meinscht du?“

„Denkt doch mal an die Pokalspiele!“, redete Pedro weiter. „Was meint ihr, warum so oft drittklassige Mannschaften gegen Bundesliga-Vereine gewinnen? Genau aus diesem Grund. Die einen kämpfen wie die Löwen, die anderen sind überheblich. Und die Zuschauer stehen auf der Seite der Außenseiter.“

„Da könnte was dran sein!“, fand Mehmet.

„Und ob da was dran ist! Was meint ihr, wie die Knödel staunen werden, wenn plötzlich hundert Zuschauer uns anfeuern und alle dafür sind, dass die Knödel die Macht über den Platz verlieren?“

„Hundert?“ Zachi wäre fast das Eis aus der Hand gefallen. „Wo willscht du die denn hernehmen?“

„Aus der Schule natürlich! Meine Klasse, eure Klassen. Die Parallelklassen. Alle haben doch das gleiche Problem: dass wir Kleinen immer weggejagt werden von den Knödeln!“

„Wir könnten auch Plakate aufhängen: in den Geschäften und an den Bäumen draußen“, ergänzte Mehmet. Er war wieder Feuer und Flamme für Pedros Idee.

„Plakate?“ Max dachte daran, wie schlecht er zeichnen konnte. „Wie das denn?“

Mehmet lächelte: „Die macht uns meine

Schwester am Computer. Die lernt nämlich gerade Grafikdesign!"

„Also dann, Jungs. Wir haben noch eine Menge zu tun bis morgen!", rief Pedro.

Mehmet informierte Tim sofort per SMS, und auch Zachi und Max sahen dem nächsten Tag schon mit ein klein wenig mehr Hoffnung entgegen.

Kapitel 5

DAS GROSSE SPIEL

Pedro war müde, aber stolz.

War das gestern ein Abend gewesen! Sie hatten sich alle hinten im ‚Dönerhimmel' versammelt. Mehmets große Schwester Laura hatte ihren Laptop mitgebracht und als Erstes gefragt: „Wie heißt ihr denn?"

Mehmet und die anderen hatten sich ratlos angeschaut. Und Zachi hätte beinahe die einzelnen Namen der Jungs aufgezählt. Aber Laura hatte natürlich die Namen der Mannschaften gemeint. „Wer spielt gegen wen?"

Sie hatten doch aber keinen Namen! Auch Ulf und seine Knödel nicht!

„Soll ich vielleicht schreiben: die

Hosenscheißer gegen die Großen?", hatte Laura amüsiert nachgefragt.

„Ha, ha, sehr witzig!", hatte Mehmet gemeckert. Aber auch ihm fiel kein richtiger Name ein.

Bis Pedro in der Ecke eine Sportzeitschrift von Mehmets Vater herumliegen sah. Mit einem Bericht über die ‚Roten Teufel' des 1. FC Kaiserslautern auf der Titelseite.

„Die Straßenteufel!", schlug er vor, weil ihm ‚Teufel' allein zu wenig vorkam, und ‚Rote Teufel' war ja schon vergeben. Außerdem trugen sie gar nichts Rotes, sondern jeder seine Lieblingssportsachen oder Straßenkleidung. Max zum Beispiel immer irgendwelche Trikots großer Vereine, zurzeit meistens das alte Özil-Trikot von Real Madrid.

„Die Straßenteufel?" Mehmet verzog das Gesicht. „Wie blöde klingt das denn?"

„Na, die Bolzplatz-Teufel wäre ja wohl noch

blöder!“, verteidigte sich Pedro. Er zeigte auf die Zeitschrift mit den Roten Teufeln. „Wir sind doch Straßenkicker!“

„Straßenkicker ist doch gut!“, fand Max. Aber das waren sie ja alle, auch die Gegner.

„Dann eben Schwartsche Teufel!“, schlug Zachi vor.

Worauf Max nur auf sein Arsenal-Trikot tippte: „Das ist aber weiß!“

„Vielleicht bunte Teufel?“, meinte Laura.

Alle vier Jungs tippten sich gleichzeitig an die Stirn.

In dem Moment kam eine von Lauras Mitschülerinnen in den ‚Dönerhimmel‘ und grüßte beiläufig: „Hi, Laura!“

Laura grüßte zurück: „Hi, Charlotte!“

Da kam Pedro auf eine Idee: „Hi? Wie Hai? Das wär’s doch!“

„Wiescho Hai?“, fragte Zachi.

„Auf dem Sparri geht es doch zu wie in

einem Haifischbecken: Nur die Stärksten dürfen spielen!“, erklärte Pedro. „Und wir werden die Stärksten! Die Fußball-Haie!“

Alle sahen sich an. „Abgemacht. Die Fußball-Haie!“

„Und die Gegner?“, wollte Laura wissen. „Wie heißen die?“

„Die Knödel!“, sagte Pedro lachend.

Und Laura schrieb es tatsächlich auf das Plakat. Da stand es nun in großen roten Buchstaben:

Das Plakat wirkte. Und wie! Natürlich hatten am nächsten Morgen viele in den Schulen der Jungs nachgefragt, um was es bei dem Spiel genau ginge. Als sie es dann erklärt bekamen, waren aber sofort alle auf der Seite von Pedro und seinen Freunden. Pedro hatte recht behalten: Die meisten in seinem Alter, die Fußball spielten, nervte es, dass allein die Knödel bestimmten, wer auf dem Bolzplatz spielen durfte. Und nun waren sie alle gekommen und hofften auf die Sensation: dass die Fußball-Haie die Knödel schlagen würden und damit über die Nutzung des Platzes bestimmen durften.

Pedro trug normalerweise keine Uhr. Doch für diesen Nachmittag hatte er sich extra eine alte Armbanduhr seines Vaters ausgeliehen. Erst 17 Uhr 30, aber rund um den Bolzplatz hatten sich bestimmt schon fünfzig Kinder versammelt. Pedro wollte gerade genau nachzählen, als ihm Mehmet von hinten auf die Schulter tippte.

„Das ist Tim!“, stellt er den Jungen vor, der neben ihm stand. Er war etwa einen halben Kopf größer als Mehmet, hatte kurze, blonde Haare und etwas abstehende Ohren.

Das war es aber nicht, was Pedro so verwirrte. Denn dieser Tim stand gleich zweimal vor ihm. Zumindest sah der zweite Junge neben Mehmet genauso aus wie Tim. Sogar die Ohren waren gleich!

„Hallo!“, begrüßte ihn Tim. „Sorry, dass ich gestern nicht konnte. Aber dafür habe ich heute meinen Bruder mitgebracht: Tom!“ Er zeigte auf den anderen Jungen.

Zwillinge.

„Doppelt hält eben besser! Sagt meine Mutter immer“, erklärte Mehmet grinsend. Dann schaute er sich um. „Wahnsinn, wie viele Leute schon gekommen sind!“

Das fand Pedro auch. Und noch immer strömten weitere Kinder herbei. Dann kamen auch die Knödel. Allen voran Ulf, der mit grimmiger Miene auf Pedro zustampfte und ihm ein abgerissenes Plakat vor die Füße warf. „Dass wir euch schlagen, ist ja sowieso klar!“, knurrte er und drohte: „Aber das mit den Knödeln, das werdet ihr besonders bereuen!“

„Wie du meinst“, sagte Pedro nur.

Sein Plan schien aufzugehen. Die Knödel waren überheblich, siegessicher und wütend. Drei hervorragende Voraussetzungen – für deren Niederlage!

Ulf warf ihm einen Ball zu. „Ihr habt den Ball. Bis zehn!“

Pedro steckte zwei Finger in den Mund und stieß einen lauten Pfiff aus.

Das Spiel begann!

Zachi rannte schnell in sein Tor. Auf der Gegenseite stand Porky bereits im Kasten.

Tim lief auf die linke Seite, Tom auf die rechte.

„Das ist der einzig erkennbare Unterschied

zwischen den beiden“, flüsterte Mehmet Pedro zu. „Tim ist Linksfüßer, Tom Rechtsfüßer. Aber behalt das für dich. Das wird lustig, wenn die nachher ihre Positionen wechseln.“

Pedro grinste ihm zu: „Überraschungseffekt!“

Mehmet hob den Daumen. „Genau!“

Mit dem ersten Pass eröffnete Pedro das Spiel. Der Ball ging zu Max, der sofort von einem Knödel attackiert wurde.

Max versuchte ihn mit einem Hackentrick auszuspielen, aber das misslang. Der Knödel eroberte den Ball, spielte ihn sofort steil in die Spitze, wo Ulf ihn mit der Brust annahm und ihn volley aufs Tor zimmerte. Der Ball schlug krachend ins rechte obere Toreck ein, bevor Zachi auch nur Piep sagen konnte.

1:0 für die Knödel.

„Scheische!“, fluchte Zachi.

Ein Raunen und Stöhnen ging durch die Reihen der zuschauenden Kinder.

Mehmet lief auf Max zu: „Tiki-Taka. Schnelles Kurzpass-Spiel!"

Max nickte. „Tut mir leid."

Zweiter Versuch.

Zachi warf den Ball zu Mehmet. Der spielte direkt weiter zu Tim. Tim nahm den Ball nicht an, sondern ließ ihn durch seine Beine, drehte sich um und rannte hinterher. Durch diese Finte hatte er seinen Gegenspieler ausgetrickst. Jetzt war der Weg frei. Tim gab den Ball in vollem Lauf rüber zu Tom, ohne dass er überhaupt hinsah! Er wusste genau, wo sein Zwillingsbruder hinlief. Der Pass kam präzise auf Toms rechten Fuß. Tom wollte ihn per Dropkick nehmen. Doch in dem Moment rauschte ‚Torpedo' heran und machte seinem Spitznamen alle Ehre. Ohne den Ball auch nur zu berühren, haute er Tom um, der schreiend zu Boden ging.

Die Zuschauer buhten, und Mehmet ging auf Torpedo los. „Bist du irre, Mann?"

„WAS?“, schrie Torpedo zurück. „Hast du ein Problem?“

Mehmet wich zurück. Torpedo war viel größer und stärker als er.

Ulf grinste nur.

Pedro kniete sich neben Tom auf den Boden. „Alles okay?“

Tom hatte Tränen in den Augen, wälzte sich vor Schmerz und hielt sich den Knöchel. Aber dann stand er schließlich doch wieder auf.

„Geht schon!“, sagte er.

Aber es ging nicht. Max und Tim hakten ihn unter, und Tom humpelte vom Platz.

Pfiffe ertönten von den Zuschauern. Noch mehr Buhrufe.

Ulf sah sich unsicher um. Solche Reaktionen gegen sich und seine Jungs hatte er noch nie erlebt.

„Okay, dann eben Freistoß!“, sagte er gönnerhaft.

„Das ist ja wohl das Mindeste!“, sagte Pedro. Er warf noch einen Blick auf Tom, der ihm aufmunternd zunickte.

Pedro legte sich den Ball für den Freistoß zurecht. Aber die Knödel hatten bereits eine Mauer gebildet. Keine Chance, den Ball an ihnen vorbeizuschießen. Pedro spielte deshalb zurück zu Zachi. Der passte aber gerade nicht auf, sondern schaute noch immer besorgt zu Tom am Spielfeldrand.

„Zachi!“, schrie Pedro ihm zu.

Doch Zachi reagierte zu spät. Der Ball kullerte an ihm vorbei ins eigene Tor.

Die Knödel lachten.

Die Zuschauer stöhnten.

Pedro fluchte.

0:2 und außerdem mussten sie nun auch noch in Unterzahl spielen. Toms Knöchel war mittlerweile dick angeschwollen. An Weiterspielen war nicht zu denken.

So ging es weiter, bis zum 6:0 für die Knödel.

Die ersten Zuschauer machten sich bereits aus dem Staub.

Max stand völlig ratlos da, und auch Mehmet schien keine Idee mehr zu haben. Von wegen Überraschungseffekt! Ein großer Mist war das alles!

Nur Pedro dachte an das Foto von ihm und Boateng: Niemals aufgeben!

Und dann traute er seinen Augen nicht. Pedro blieb stehen und kniff sich in den Arm. War er jetzt wirklich verrückt geworden?

Links von Zachis Tor stand niemand anderes als Jérôme Boateng!

Plötzlich wurde es mucksmäuschenstill. Alle starrten nur auf den Superstar.

Der ging langsam auf Pedro zu. „Du hast doch vorgestern diese Frage gestellt, stimmt's?", fragte Boateng.

Pedro nickte. Er brachte keinen Ton heraus.

„Also früher, als ich hier gespielt habe, gab's keine Altersbeschränkung. Habt ihr eine abgemacht?"

Pedro schüttelte den Kopf.

„Gut, dann spiele ich mal einen Augenblick bei euch mit, okay? Ihr habt ja einen Verletzten und seid in Unterzahl, hab ich gerade gesehen. Das ist doch unfair. Ich glaube, als Ersatzspieler bin ich gerade gut genug!"

Ulf wollte schon Einspruch erheben, doch Boateng kam ihm zuvor. „Was ist los?", fragte er. „Hast du ein Problem?"

„Schon gut!", sagte Ulf kleinlaut. Dann wandte er sich an seine Jungs: „Also dann. Auf geht's!"

Die Zuschauer jubelten Boateng und den Fußball-Haien zu.

Ulf und seinen Knödeln blieb nichts anderes übrig, als die Herausforderung anzunehmen. Angestachelt durch die Anwesenheit des großen Stars gaben sie noch einmal alles. Doch schon

der erste lange Pass auf Ulf endete an Boatengs Brust, der lange vorher geahnt hatte, wohin das Anspiel gehen sollte. Er ließ den Ball einfach abtropfen und schaute sich um, ohne dabei auf den Ball an seinem Fuß zu achten. Ulf rannte auf ihn zu und fuhr das Bein aus. Doch Boateng zog den Ball nur kurz zurück, und Ulf stolperte vorbei. Dann schlug er den Ball als butterweiche Bananenflanke nach vorn, wo er millimetergenau auf Tims Kopf landete. Der brauchte nur noch die Stirn hinzuhalten, und der Ball schlug in Porkys Tor ein. Nur noch 6:1.

So ging es weiter. Was immer die Knödel sich an Finten, Steil- oder Doppelpässen ausdachten: Boateng war schon da. Als ob zwölf Boatengs gegen sechs Knödel spielten. Aber er blieb ständig hinter der Mittellinie, machte nicht ein einziges Tor selbst, sondern beschränkte sich darauf, die gefährlichsten Angriffe abzufangen und Pedro und seine Freunde mit präzisen

Pässen immer wieder ins Spiel zu bringen. Nach dem 6:1 gelang Tim das 6:2. Mehmet schoss die nächsten beiden Tore, bevor Max zeigen konnte, was er draufhatte und das fünfte Tor für die Fußball-Haie erzielte.

Auf dem Bolzplatz herrschte nun ein unbeschreiblicher Jubel. Auch die Kinder, die gerade eben noch gehen wollten, waren nun schnell wieder zurückgekommen.

Und bei den Knödeln passierte das, was immer passiert, wenn man nicht mehr weiterweiß: Sie brüllten sich an, schoben sich gegenseitig die Schuld für die Gegentore zu und wurden immer nervöser.

Schon zwanzig Minuten nachdem Tom verletzt vom Platz gemusst hatte, schoss Pedro nach Vorlage von Boateng den Ausgleich zum 6:6!

Beim Stand von 9:6 für die Fußball-Haie ging Boateng dann vom Platz.

„Den Rest schafft ihr auch alleine", sagte er.

Und das taten sie auch!

Denn die Knödel waren mittlerweile so zerstritten, dass Pedro und seine Jungs auch ohne den großen Star einen Angriff setzen konnten.

Max spielte zu Tim, der direkt weiter zu Mehmet, der den Ball überraschend zu Pedro durchließ, der hinter ihm in Stellung gegangen war.

Pedro holte aus, täuschte einen Schuss an und ließ Torpedo damit ins Leere laufen. Pedro wollte nun schießen, doch bei Torpedo brannten wieder einmal die Sicherungen durch, und er holte Pedro von den Beinen. Nicht so brutal wie bei Tom, aber es gab keine Diskussion: Elfmeter! Die anderen Knödel protestierten nicht einmal, sondern schrien nur Torpedo an, wie blöd er sein musste, um beim Stand von 9:6 einen Elfer zu verursachen.

Pedro legte sich den Ball zurecht, atmete

tief durch und schaute aus den Augenwinkeln zum Zaun, hinter dem Boateng stand und ihm aufmunternd zunickte. Wie auf dem Foto mit dem erhobenen Daumen. Boateng glaubte an ihn. Und so tat Pedro selbst es auch. Er lief an und machte kurz vor dem Schuss eine Körpertäuschung. Porky fiel darauf herein, sprang, und Pedro schob den Ball ganz ruhig ins rechte Eck.

10:6! Pedro jubelte und rannte um den halben Platz. Er wollte zu Boateng, um sich bei ihm zu bedanken. Doch von dem war nichts mehr zu sehen.

„Niemals aufgeben! Danke, Jérôme!“, flüsterte Pedro noch, ehe Mehmet ihn vor Freude zu Boden riss.

LESERÄTSEL

1. Wie heißt der Verein, in dem Pedro spielt?

   P: FC Grau-Weiß

   G: FC Grün-Gelb

2. Wer gehört zu Pedros Lieblingsspielern?

   R: Gerd Müller

   L: Thomas Müller

3. Aus welchem Land kommt Mehmets Mutter?

   O: Türkei

   A: Dänemark

4. Wie nennt man das Kurzpass-Spiel des FC Barcelona?

D: Taka-Tuka

T: Tiki-Taka

5. Welcher Spieler der Knödel foult Tom?

N: Ulf

Z: Torpedo

Lösungswort:

1	2	3	4	5

Lösungswort: Platz

WIE WÜRDEST DU ENTSCHEIDEN?

Hier sind zwei Fragen zum Nachdenken für dich!

1. Was wäre wohl passiert, wenn Jérôme Boateng nicht beim Spiel aufgetaucht wäre und Pedro und seinen Freunden geholfen hätte?

2. Glaubst du, dass Pedro und die Fußball-Haie später wirklich mal Stars werden könnten?

DAS KLEINE FUSSBALL-LEXIKON

Dropkick: Beim Dropkick wird der Ball unmittelbar nach dem Aufsetzen auf dem Boden geschossen und wird dadurch besonders schnell.

Sechser: Als ‚Sechser' bezeichnet man eine Position im defensiven Mittelfeld. Die Aufgabe des ‚Sechsers' besteht darin, das Angriffsspiel des Gegners zu stören und bei eigenem Ballbesitz mit klugen Pässen Angriffe einzuleiten.

Tiki-Taka: So nennt man das vor allem vom FC Barcelona und der spanischen Nationalmannschaft praktizierte schnelle Kurzpass-Spiel, das sich durch einen hohen Ballbesitz der angreifenden Mannschaft auszeichnet. Die gesamte Mannschaft befindet sich dabei in ständiger Bewegung und lässt den Ball durch ihre Reihen laufen – bis sich die entscheidende Lücke beim Gegner auftut und die Chance zum Torabschluss entsteht.

Triple: Englisch für ‚dreifach'. Wenn eine Mannschaft in einer Saison die drei wichtigsten Titel im Vereinsfußball gewinnt (Meisterschaft, Pokal und Champions League), spricht man vom Triple. Die letzte Mannschaft, die das Triple gewinnen konnte, war 2013 der FC Bayern München. Zuvor war dies bereits Inter Mailand, dem FC Barcelona und Manchester United gelungen.

Volley: Beim Volleyschuss wird der Ball direkt aus der Luft gepasst oder geschossen, ohne dass er vorher den Boden berührt.

WANN GIBT ES GELB, WANN SIEHT EIN SPIELER ROT?

Rote Karte, Gelbe Karte – eine kurze Übersicht

Wenn ein Spieler gegen die Regeln verstößt, kann der Schiedsrichter ihm die Gelbe Karte oder sogar die Rote Karte zeigen.

Eine Gelbe Karte ist zunächst nur eine Verwarnung. Bekommt ein Spieler aber die Rote Karte gezeigt, muss er das Spielfeld verlassen und ist für das restliche Spiel gesperrt.

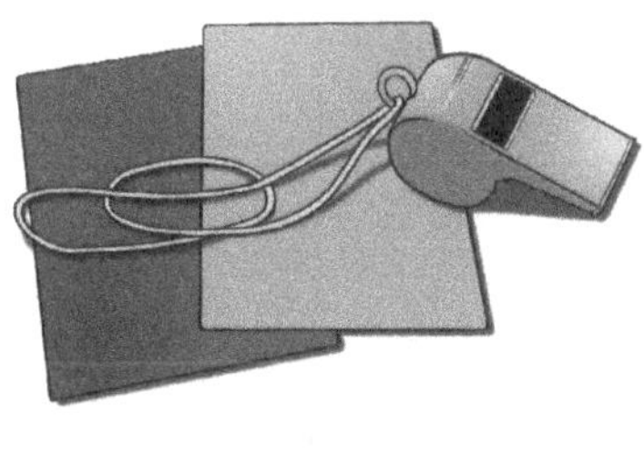

GELBE KARTE

Ein Spieler erhält eine Gelbe Karte, also eine Verwarnung, wenn er:

- sich unsportlich benimmt, z.B., wenn er eine Verletzung vortäuscht (Simulieren) oder ein Foul (Schwalbe)
- die Fortsetzung des Spiels verzögert, z.B., indem er trödelt
- sich beim Schiedsrichter beschwert
- wiederholt gegen die Spielregeln verstößt
- die festgelegten Abstände bei Einwürfen, Eckbällen und Freistößen nicht einhält
- das Spielfeld ohne Erlaubnis des Schiedsrichters betritt oder verlässt
- übertrieben über ein Tor jubelt, z.B. das Trikot auszieht oder auf den Zaun klettert

ROTE KARTE

Ein Spieler erhält eine Rote Karte, also einen Platzverweis, wenn er:

- grob foult
- eine Tätlichkeit begeht (z.B. jemanden angreift oder schlägt)
- eine andere Person anspuckt
- eine klare Torchance durch absichtliches Handspiel vereitelt
- eine klare Torchance unterbindet, ohne Kontakt zum Ball zu haben, also z.B. durch Halten, Ziehen oder Stoßen eines gegnerischen Spielers
- andere beleidigt oder abfällige Gesten ausführt
- zum zweiten Mal im selben Spiel verwarnt wird.

Der Schiedsrichter entscheidet, in welche Kategorie der Verstoß des Spielers fällt und welche Karte er zur Strafe zückt. Dabei versucht er natürlich, so fair wie nur möglich zu sein.

STELLE DEINE TRAUMMANNSCHAFT AUF!

Stelle eine Mannschaft mit deinen Lieblingsspielern auf und trage ihre Namen und Rückennummern auf der rechten Seite ein.

Trenne danach die Seite vorsichtig heraus. Jetzt kannst du sie sammeln und in dein persönliches Fußball-Album kleben, sie verschenken oder in deinem Zimmer aufhängen!

MEINE TRAUMMANNSCHAFT

Name

Trainer

Sturm

Offensives Mittelfeld

Defensives Mittelfeld

Abwehr

Tor

Die Fußball-Haie

Fußball-Haie: Spieler gesucht!

Fußball-Haie: Das große Turnier

Fußball-Haie: Ein Team startet durch

Fußball-Haie: Kampf um den Bolzplatz

Fußball-Haie: Spiel mit Biss

Fußball-Haie: Duell im Fußballcamp

jedes Buch ein Treffer!

Fußball-Haie: Torwart vermisst!

Fußball-Haie: Böses Foulspiel

Fußball-Haie: In der Abseitsfalle

Fußball-Haie: Freundschaft oder Sieg

TOR
W

GO!
HAIE SIND

Aus Verantwortung für die Umwelt hat sich der Fischer Kinder- und Jugendbuch Verlag zu einer nachhaltigen Buchproduktion verpflichtet. Der bewusste Umgang mit unseren Ressourcen, der Schutz unseres Klimas und der Natur gehören zu unseren obersten Unternehmenszielen.

Gemeinsam mit unseren Partnern und Lieferanten setzen wir uns für eine klimaneutrale Buchproduktion ein, die den Erwerb von Klimazertifikaten zur Kompensation des CO_2-Ausstoßes einschließt.

Weitere Informationen finden Sie unter: www.klimaneutralerverlag.de